马丁历险记之

侏罗纪日记

1.新世界

[意] 菲利普·奥斯本 ◎ 著

[意] 罗伯塔·普罗卡奇 ◎ 绘

马天娇 ◎ 译

海南出版社

·海口·

第 1 章
回到学校啦!

亲爱的日记：

你知道为什么在霸王龙的课堂上总是没有老师吗？

当然是因为这些学生有吃老师的坏习惯啦！

猜一猜：
是霸王龙的老师忘了穿走外套呢，
还是课没上完，老师就被霸王龙给吃掉了？

我可不是开玩笑哦！

我一到侏罗纪世界就到处打探霸王龙们在干什么。

3

剑龙非常看不惯霸王龙，他告诉我那些家伙总喜欢吃腐烂的肉。

我忍不住大笑起来！

吃腐肉！

哈！哈！哈！哈！哈！哈！**哈！哈！哈！**

他们可是凶猛无比、处于食物链顶端的霸王龙啊，怎么会成为"垃圾回收员"呢？

只可惜，我那时还没意识到，霸王龙就是这么奇怪的"食腐动物"。

4

他们会吃掉眼前的一切，包括老师！🦖

因此，我很容易得到了教师这份工作。

其他恐龙也都说，霸王龙就是一个长着两条腿的血盆大口。

我觉得这话有点儿道理。

他们都是很聪明的动物，却连简单的规则——别吃他人都不懂。

我的大脑是用来决定吃谁的！

在这里他们被认为是长着两条腿的血盆大口……

（我觉得有点儿道理）

别吃他人！

恐龙不是食肉动物

现在让我们一起重复一遍……

不过，这世界上有一件事，也只有这件事能让霸王龙开怀大笑……

你想知道是什么事吗？

想让霸王龙开心，就朝他们"略略略"地做鬼脸……如果再扮成小丑，保准让他们笑掉大牙。

略略略略！！

哈哈哈哈哈哈哈哈哈哈

屡试不爽的搞怪逃生法

"略略略，我是搞笑大师马丁！"亲爱的读者，你们是否怀疑自己阅读的根本就是一部文学作品？

别问我为什么……

反正，你要是既想看到他们的牙齿，又不想被他们吞进喉咙的话，就乖乖学会怎么做鬼脸吧！

现在你知道他们为什么不吃我了吧！他们是等着上完课，看我做鬼脸呢。

事实上，我是趁他们失去耐心之前：**略略略略略!!**

把他们哄高兴后，抓紧时间教他们一点科学知识——还有历史知识。让他们明白，不听我的话会有什么后果。毕竟我掌握着许多他们不知道的知识。所以，不要觉得我徒有英俊的外表，我还有一肚子的学问呢！

我知道冰川期就要来临了，到时候所有的一切都会被冰冻，恐龙会灭绝。然而，现在我来了，他们有救了！

他们会灭绝!

这些史前动物连互联网都不懂，可想而知让他们了解冰川作用该有多难。

我只好从基础讲起，所以今天我准备教他们写字。

如果你想知道恐龙用哪根手指拿笔，那么说明你是一本挑剔的日记，我不跟挑剔的日记说话！

所有人都有受教育的权利，恐龙也不例外。

总而言之，如果他们不能明白事情的严重性，不能读懂我写的东西，他们就无法逃离冰川期的灾难。

所有的恐龙都信任我，别问我为什么。

也许他们认为我是天选之人吧！

我也觉得，我来到侏罗纪的使命就是去做一个改变历史的英雄。

我是个天才！谁不服？

酷酷的发型。

略略略……

我是公认的帅哥！

世界因我而变得美丽。

没有网络，恐龙们怎么生活啊？

8

我的学生中最聪明的当属劳埃德——一头热爱和平并且不吃肉的霸王龙，他的梦想是成为一名歌手。他总是把自己打扮得像个大明星，还说总有一天，他要创作出属于霸王龙的说唱歌曲。

爱让我幸福~彩虹是我眼中唯一~的颜色

我的学生中最聪明的当属**劳埃德**，他是一头热爱和平并且**不吃肉**的**霸王龙**，他的梦想是成为一名歌手。他总是把自己打扮得像个大明星，还说总有一天，他要创作出属于霸王龙的**说唱歌曲**。

9

沃尔多是一头可爱的剑龙，他的梦想是能够自由飞翔。所以，千万别把他带到山上去，没准这家伙会毫不犹豫地跳下山崖。他坚信所有动物都能飞，在他的认知里，完全没有重力作用的存在！

沃尔多是一只可爱的剑龙，梦想能够自由飞翔。千万别把他带到山上去，这家伙会毫不犹豫地跳下山崖。他坚信所有动物都能飞，在他的认知里，完全没有重力作用的存在！

特丽莎是一头想成为侏罗纪总统的三角龙，性子有点急。呃，准确地说，应该是脾气相当暴躁！

特丽莎是一头想成为侏罗纪总统的**三角龙**。她性子有点急。呃，准确地说，应该是脾气相当暴躁！

你瞅啥？嗯？你怎么不去看《书呆子日记》[①]！快去！赶快去看看那种日记！

难道你还没发现我不喜欢被别人盯着看吗？

我最欣赏的是班上的迅猛龙瑞普特。他算得上是第一位史前喜剧演员，梦想有朝一日能够出演自己创作的喜剧《人人都爱瑞普特》。他饱受牙疼的折磨，但这也成了他剧本里的一个桥段。

想见瑞普特……
请翻页！

① 《书呆子日记》是菲利普·奥斯本的另一部畅销作品。——译注

我最欣赏班上的**瑞普特**，一头**迅猛龙**。他是第一位史前喜剧演员，梦想有朝一日能够出演自己创作的喜剧《人人都爱瑞普特》。他饱受牙疼的折磨，这却成了他剧本里的一个桥段。

哈哈

哈哈

哈

人人都爱瑞普特

亲爱的日记，现在你了解我们班上所有的同学了……不过你肯定不知道我是怎么从纽约来到侏罗纪世界的。别着急，我一定会讲给你听的，但不是今天。现在，我很困，而且明天我还有一项非常重要的教学任务——组织今年的第一次考试。

7月21日！

想要听懂翼手龙说的每句话并不容易……由于一些小问题……他们成了唯一无法与我顺畅交流的史前动物。不过，最终我还是搞清楚了一件事，那就是侏罗纪世界要迎来新客人了。

不！不不！不不不！

这不可能！我最可怕的噩梦正要变成现实！恃强凌弱的麦克、小跟班艾德以及坏蛋伊芙，竟然要来侏罗纪世界了？

真的是曾经跟我在同一个小镇学校读书的坏蛋们吗？但是……这怎么可能呢？现在我完蛋了！救命！

谁来救救我啊！🌋

我是误打误撞才来到侏罗纪世界的。那天，我乘公共汽车去奶奶家，本该在斯塔滕岛站下车，结果一不留神坐过了站。下车后，我发现自己已经身处陌生的侏罗纪世界了。我以为可以乘坐反方向的公共汽车回去。万万没想到，这里根本没有公共汽车，取而代之的是随处可见的史前动物！这时我才明白，我穿越了。所以，麦克、艾德和伊芙很可能也乘坐了那辆神奇的公共汽车！

坏蛋伊芙

恃强凌弱的麦克

MIKE

小跟班艾德

故事中的坏人

一头身份不明的恐龙。

?

我这是在哪儿？

你最好先搞清自己穿越到了什么时代。

侏罗纪大街1号

单行道

此时此刻，这个问题是多么犀利啊。相比之下，答案已经不重要了。

不！

接下来，那些家伙肯定会欺负我的，我哪还有精神去做鬼脸搞笑呢！

首先，我会遭受虐待，然后成为某些霸王龙的美食。天啊，那我岂不成了侏罗纪第一个灭绝的生物了？！

但是……如果没有英雄来救我，那我就成为自己的英雄！在麦克他们找到帮手之前，我得先去找我的恐龙朋友们商量一下对策。

三个霸凌者

伊芙、麦克和艾德，又坏又愚蠢。
伊芙恶毒至极，见谁都要骂一顿，
就连镜子中的自己也不放过。
麦克撒谎成性，跟他爸妈说自己是班上
的第一名，事实上他连自己
在哪个班都搞不清。
艾德是个跟屁虫，总是像鹦鹉一样重复
麦克的话。麦克让他嘲笑谁，他就嘲笑
谁，甚至连自己也不放过。

霸凌者又坏又笨，却喜欢欺负比他们聪明的人。不过这一次，我不会再胆怯了。我已经做好准备，迎接挑战。在侏罗纪，只有聪明和富有创造力的人才能获得最终的胜利，而我知道如何制造能够飞往其他星球的火箭！啊，我这是在说什么啊？！好吧，也许我还需要学生们的帮助……即便我觉得他们不怎么聪明。

牙医是什么人呢？就是依靠别人的牙齿吃饭的人呗！

7月22日！

哈！

哈！

哈！

哈！

哈！

哈！

哈！

哈！

瑞普特的笑话

17

第 2 章
坏蛋来了!

亲爱的日记：

　　侏罗纪真该有个像亚马逊那样的网站。可是这里连台电脑都没有，建一个网站简直是异想天开。这些事能跟霸王龙一起做吗？

　　当然不能！

马丁，你制造的这个东西是对付霸王龙的吗？能像火那么厉害吗？

侏罗纪守则

恰恰相反，电脑的作用更像雪崩。

　　电脑当然是必需品。这样我就能在无聊的时候（比如翼龙大战之后）看网剧了。不过当务之急是发明轮子。在此之前，我得先去找霸王龙谈谈，让他们相信自己是素食者。应该没那么难吧！毕竟他们没理由非得跟坏人一伙。

麦克、艾德和伊芙三人一来到侏罗纪，就开始欺负剑龙宝宝。霸王龙立刻对这三个家伙产生了好感。

大多数霸王龙喜欢恃强凌弱。

从出生开始，父母就教他们如何欺负其他恐龙。

他们甚至发明了一种超级残酷的运动，叫"打雷球"。游戏规则简单粗暴：用棍子打雷龙的头！

想想也是，这些智商不怎么高的家伙哪能发明出什么高级运动呢！

不得不说一下霸王龙的首领——以常常说"不"而闻名的"不先生"。

不先生从第一次见到麦克、伊芙和艾德开始，就对这三人的卑鄙手段钦佩不已，并对他们说："我喜欢你们！所以我会一口吞了你们，这样你们就不会感到痛苦了。"这也算是不先生难得的慈悲了。翼手龙向我报告，麦克用一部手机就拉拢了霸王龙。

是的，你没听错！麦克只是把手机游戏展示给霸王龙，那些"大脑袋"就决定拉他们三人入伙，而不是把他们撕成碎片。

不先生虽然既疯狂又暴力，却是个好奇宝宝。他试着玩了玩游戏，一个小时后就离不开手机了。他已经成了"网瘾少年"。因此，霸王龙不仅决定放三个坏蛋一条生路，还让他们加入自己的社团。

你想知道我说的是哪个社团吗？
你没听过黑暗社团吗？
那么，你现在身在何处？侏罗纪？
是的，仔细想想，你确实身处侏罗纪。

我穿越到侏罗纪的时候，不先生已经成立了黑暗社团。当他和朋友聚会时，别指望他们能用诗歌朗诵来消磨时间。

黑暗社团！
他们是最糟糕的社团！

一提到"黑暗"，你可能会想到关灯后的不适。不过史前时代还没有灯泡这种东西呢。

他们之所以被叫作"黑暗社团"，是因为他们喜欢在夜黑风高的时候聚会，然后密谋如何对付我。

为什么？因为他们觉得我说的关于冰川期的事是一个谎言。

他们认为我是个谎话精。这些"超大号蜥蜴"觉得，我——聪明绝顶、最酷、最帅，有能力成为披头士乐队或者辣妹乐队一员，甚至成为说唱歌手特拉维斯·斯科特接班人——撒了一个关于恐龙灭绝的弥天大谎。为什么他们就是不相信，我是有知识、有智慧的呢？

我读过书！我来自未来！要搞明白这些有那么难吗？如果你遇到我，难道不该来向我要签名吗？当然！你怎么能抵挡得了我的魅力呢？

黑暗社团的疯子们

巴拉 巴拉啊 巴拉

马丁……自我陶醉？

我，天才中最酷的，帅哥中最英俊的……

我不需要网络，我就是网络！

这样的我能对他们撒"世界末日"的谎吗？

好吧，就算我说得有点夸张。但是我也不会在恐龙灭绝这件事上说谎啊！

这家伙疯了！

现在邪恶的霸王龙已经跟那三个坏蛋联手了。所以我得尽量简化在这里传播知识的流程，花了两个小时试图让特丽莎了解巧克力酱是什么这种事情不能再发生了。这到底是一个怎样的时代啊！

他们要想生存下来，就必须进化。我有一个非常完美的计划可以拯救他们，前提是他们必须学习知识，提高理解能力。如果他们不学习，我也帮不了他们。

他们需要我的聪明才智！

今天我要测试一下他们的文化水平……这可以帮助他们理解并实现我的绝妙计划。劳埃德不像其他霸王龙，他不仅理解能力强，还十分聪明，特别是他的艺术天赋让他脱颖而出。虽然他学习不专心，但我还是需要了解一下他的知识储备。因此，我准备了这次摸底考试，题目是"我们不会灭绝"。

摸底考试：

这些都是什么？

1.

2.

3.

题目：我们不会灭绝

* 火
** 轮子
*** 游戏手柄

考生可看不见答案哟

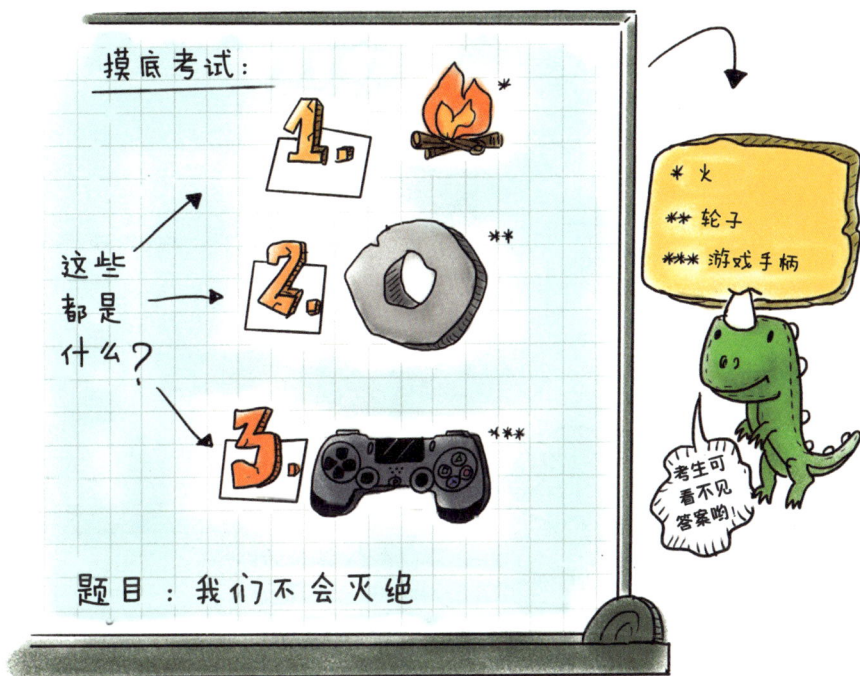

作为一名优秀的老师，我鼓励道："劳埃德，好好想想，这道题很简单。这三种东西推动了世界的发展，如果你连它们都不知道，又何谈对抗冰川作用呢？"结果劳埃德给出了匪夷所思的答案，他把火说成"污点"，把轮子当成"洞"，最后还误以为游戏手柄是"冰激凌"。

他很困惑。

是的，他是真的很困惑！

我又问其他学生，结果没有任何恐龙能正确回答我的问题。终于，天才演员瑞普特举起了自己的大爪子。

我问他知不知道答案，结果他拿起麦克风，像表演喜剧那样说："我只是想缓解一下尴尬气氛！来吧，让我们一起笑一笑。"

不管我是不是天选之人，我都得教育他们，带领他们进入一个进步的时代。

我认为是时候让史前时代的动物学会使用火了。你可以用火取暖……

火能用来取暖、做饭，这是它本来的属性，不是人想象出来的！

你还能用火做饭。

火是用来烹饪美食的……

我们不是可以直接吃植物吗？为什么还要烹饪？

你可以用火照亮夜晚！

火可以用来照明……

虽然可以用火照明，但是可不能为了在黑夜里找个地方尿尿，就把整个森林都点燃哟！

喂喂喂，大家为什么都神情紧张地看着我？

对哦，他们还不知道火到底是什么样的。全班同学眼中的火就像科幻电影里的神奇特效。

他们从来没有见过真实的火，所以听不懂我说的话。我告诉他们，可以用火来发信号，但是发给谁？发什么？我还试着让他们知道火能把湿衣服烤干……好吧，他们根本就不穿衣服。想到这，我只好闭嘴。

我知道，让他们了解火的唯一方法就是展示给他们！

你可以用火保护自己，击退敌人。

火能够用来自卫……

我发誓，我从来没在课堂上讲过恐龙灭绝的事！

"用火自卫"可不是指把你的科学老师放在火上烤呀！

要记住的规则！

你能用火治牙疼吗？

心不在焉的学生！

哎，这就是上课不认真听讲的结果。

众所周知我的办法多，所以我必须想出一个解决办法！还好，我包里有一副准备送给奶奶的老花镜，现在能派上用场了。

当太阳光最强的时候，我可以利用眼镜取火，多亏了这些镜片。

但是利用眼镜片取火可不容易，我必须有耐心。

我带着学生们来到教室外，找来一片枯叶放到地面上，然后让太阳光线穿过镜片照射在枯叶上。

枯叶渐渐发热了……

炙热的史前太阳！

马丁，你说的有好多好多用途的火真的存在吗？你不会是夸大了它的作用吧？为了陪你，我们都要被太阳降化啦！

有些不高兴的三角龙。

除了马丁，大家都不相信能够出现历史性的一刻。

值得纪念的历史性时刻！

幸运的是，枯叶很快被点燃了，我赶紧又加了一些，让火燃烧得更旺。我以为大家都会感到惊喜，可当我看向他们的时候……发现他们既害怕又抓狂。瑞普特龇着牙，边跑边喊："新技术将使我们走向灭绝！！"

瑞普特只是觉得，龇着牙是保持微笑的最好方式。

其他恐龙也不淡定。

劳埃德使劲儿地弹奏着他的电吉他。我请他不要用重金属音乐折磨我们，没想到他说："我不想听那种可怕的噼啪声。我宁愿演奏重金属，这样就听不到了！"

特丽莎前所未有地安静，我很担心。我不想让她陷入惊恐不安。

我不想让她陷入
惊恐不安！

她深呼吸了一下，然后小声地问我："真的能用火做饭、取暖、照明吗？它是怎么做到的？"

"这是一种神秘的力量。"我开玩笑地说，却发现她一脸认真。

看来，我得学会保持安静。

下一秒，我又觉得自己很酷，真的很酷！

我在现代世界就很酷，所以现在也要保持酷酷的形象。

我很……

酷！很酷！

怎么？

不相信我的魅力势不可当？

虽然我的学生们现在缺乏勇气和智慧，但是我会让他们变得不一样。我会带领他们战胜黑暗，还要把这个世界从冰冻中拯救出来。毕竟我有着蛮王柯南的强健体魄，蜘蛛侠的钢铁意志，黑豹的敏捷身手，X教授的无敌智慧。所以我是不会输给黑暗社团的。

"救命！大蜘蛛！可怕的史前大蜘蛛啊！"太糟糕了，我居然把自己头发的影子当成了巨型蜘蛛，吓得我到处乱跑。哎，真丢人。

能把影子看成巨型蜘蛛，也是需要超强的想象力呢。

我被影子吓得嗷嗷叫，引得大家大笑不已。可是谁规定大英雄就不能有害怕的东西呢。

我觉得是时候进行一次演讲了，正好借机重新树立威信，让他们知道谁才是老大。"你们还有很多东西要学，其中一些知识是非常重要的。我很难向你们解释，现代人的快乐一半来自逛商场，一半来自社交网络。但是我可以告诉你们，火能够帮助大家在黑暗的深夜中保护自己。"

说完，我静静地等待热烈的掌声响起，可惜事与愿违。为了掩饰尴尬，我故作镇定地说了句："谢谢！"他们一脸困惑，仿佛我刚刚说的是火星语。劳埃德抱着吉他坐在那问："如果我出了音乐单曲，是不是就能当歌星了？"

简直就是白费口舌。实在太让人沮丧了，比课桌上沾了鼻屎还让人难受。

如果我出了音乐单曲，是不是就能当歌星了？♪

规则

马丁

这个玩笑真是一点儿都不好笑。全是一起来弹吉他吧！

然而演讲还得继续，我接着说："现在我们已经得到了火，就可以保护村庄了，并有时间来谋划如何抵抗冰川作用。我们必须要团结起来，壮大队伍。"沃尔多露出纠结的神情，也许他的脑子里有个不一样的想法！是的，我从他的眼神中看到了智慧的光芒，便问："沃尔多，能跟大家说说你的想法吗？也许你已经找到了阻止世界被冰冻的办法。"

　　沃尔多爬上课桌，仿佛下一秒就要跳着飞起来。他憨憨地问："为什么我们的历史书这么薄？"

　　我忍无可忍，大声叫道："因为我们在史前时代。"

这就是我们的历史书？它也太薄了。该不会是马丁懒得编教材吧！

？

沃尔多还不知道，真正的历史还没开始呢。

我再次抖擞精神，这时候翼手龙靠近我，说道："嘟噜，鲁鲁卡卡卡嘟嘟。"

天啊！

这次我听得非常清楚。毕竟我拥有恐龙们没有的智慧。

"他说什么？"特丽莎好奇地问我，"快告诉我们呀！难道你想隐瞒什么秘密？"

我鼓起勇气，把翼手龙说的告诉了大家："黑暗社团正在城里张贴海报招兵买马呢！他们想拉更多人加入社团。"

我们赶紧四处巡查，当看到霸王龙的海报后，我气得哑口无言。

黑暗社团海报

冰川作用是个谎言

加入黑暗社团，团结起来打败马丁！

再这样下去，很快就没有人愿意留下来阻止恐龙灭绝了。我对着大家大声呼喊："我们可以战胜他们，等到冰川期过去，我们将会第一个说出'好热啊！'这句话！"

特丽莎走上前来，面带微笑地说："既然我们已经拥有了火，为什么不用火把霸王龙的海报烧掉呢？"我本想跟她解释一下民主精神——尊重与自己不同的思想，海报不过是表达了对方的不同看法而已。此时此刻，我，不喜欢被人反驳的马丁，决定对民主精神保持缄默，欣然接受了特丽莎的建议，高兴地说："好主意，让我们把这些海报烧成灰烬吧！"

万万没想到，我转身的一刹那，不先生、艾德、麦克、伊芙正站在我面前。不先生露出让人不寒而栗的笑容，说："小家伙，你哪儿都别想去。"

此时，我真希望脚下有个风火轮。

救——救命！

冰川作用是个谎言

团，团结起

我们已经拥有了火，为什么不用火把霸王龙的海报烧掉呢？

第 3 章
世界的引擎

亲爱的日记：

不先生和黑暗社团开始追赶我们。麦克、艾德和伊芙很享受这个过程。他们觉得和大坏蛋联手，比自己当坏蛋更有趣。麦克笑着对艾德说："我有时候真希望自己能像霸王龙一样有巨大的尖牙。"艾德不太聪明，马屁总是拍到马腿上——他认真地安慰麦克说："至少你口臭的毛病跟霸王龙一样啊！你们之间的距离更近了一步，对吧！"

伊芙摇了摇头，然后用弹弓发射苹果攻击他俩。

当命中他们的脑袋时，伊芙坏笑着说："现在我知道重力的威力了！"

讨厌的黑暗社团！

43

我跑得上气不接下气，内心有点绝望。

我转过身，发现自己已经被不先生他们包围了。

难道真的在劫难逃了？

不，我必须想个办法。

我仰起头，对着飞翔的翼手龙说："么么滋滋，鲁鲁卡库鲁鲁。"

翼手龙点点头，然后飞走了。当然，我说的是只有我俩能听懂的语言，你肯定不明白。想知道我说了什么，就要保持耐心哟！不先生也很迷惑，他抬起短短的胳膊，尖锐的爪子在阳光下闪着寒光："一切都结束了！"

我得想办法拖延时间，唯一能做的就是使出吃奶的劲儿做鬼脸。

略略略略略略略略！！

这个办法果然让不先生他们停手了，直到翼手龙回来。

略略略略略略略略！！
略略略略略略略略！！
略略略略略略略略！！
略略略略略略略略！！
略略略略略略略略！！

马丁的聪明才智远近闻名

超级搞笑的鬼脸！

不先生和他的黑暗社团"好"兄弟们笑得前仰后合。

但是，麦克明白我的用意，他跑到霸王龙们面前，大声说："别笑了。这是马丁为了逃跑使的计策。那家伙出了名地诡计多端。"霸王龙们笑得根本停不下来，麦克他们只好拿起水杯泼向霸王龙们。我趁机赶紧往回跑。同时，翼手龙按照我说的，从我的书包里拿出魔方朝不先生的脑袋扔了过去。

"哎呀！"不先生急躁地叫着，手里摆弄着魔方，费劲儿地想要搞明白魔方到底是个什么玩意儿。

魔方的神奇作用

"好玩！好玩！"不先生嘟囔着，最后干脆坐到了地上，黑暗社团里的其他恐龙也跟着坐了下来。

麦克差点被气疯了，他努力地想让黑暗社团成员认清现实："现在不是玩的时候，马丁逃跑了。"

不先生毫不关心，眼睛直直地盯着魔方，嘴里不断重复："好玩！好玩！"

我跑回学校，然后召集班上的学生，告诉大家一个超级无敌的新主意。

"我们势单力薄，想要战胜黑暗社团太难了，他们已经成功说服了很多恐龙加入黑暗社团。是时候让我们用伟大的发明震惊史前世界了。只有这样，大家才能认识到，我拥有超凡的智慧和技艺，只有我才能拯救世界。"

当然，我知道我有点自以为是，但领袖总是有很强的自尊心。或者，也许是我把领袖和独裁者搞混了！

瑞普特有牙疼的老毛病，所以他问我："我知道这毫无意义，但是你曾经跟我们提过艾德、伊芙……你说他们是天生的大坏蛋。所以他们不长乳牙，是吧？他们可真幸福啊！"

瑞普特的问题差点让我喘不上气来。看来我得好好管管这些学生了，他们上课分心的问题真是够严重的。

7月30日

是时候震惊所有人了。

我在黑板上画了一辆法拉利。

"这是汽车，一辆很酷的汽车。我们得搞几辆这种车，用来逃出霸王龙的魔爪。而且还可以乘坐它们去一些我们目前不能到达的地方。"

特丽莎露出疑惑的表情，她凑近了问："马丁，你首先要做的难道不是修路吗？"

火山

副翼

法拉利

今天我要造一辆法拉利。这样我们就可以变得速度更快，当然也会更酷了。

A

马丁，你首先要做的难道不是修路吗？

48

到底要先造什么呢!

让我们再想想。

如果我修了路，那么就要建停车场。

也许制造汽车这件事可以等一等……

现在我终于明白这个世界存在的最大问题了：先有车还是先有路？

是先寻找汽油，还是先造车？

也许我对我居住的星球一无所知。

不过我这个人很固执，偏要对恐龙们解释清楚"汽车是什么"以及"我们为什么需要汽车"。

轮胎

发明第一只轮子的人是个傻瓜，而发明另外三只轮子的人则是天才。

他的笑话越来越冷了。

"汽车跑起来非常快，我们可以乘车追上任何动物，甚至是猎豹。有了车，我们就可以去那些没有猛兽的地方了。"

我的话音刚落，沃尔多就在瑞普特的怂恿下，用一把大弹弓打碎了课桌。然后他又若无其事地对我说："或许你应该先发明一个气泵，还有机械学，这样当汽车出故障的时候就能修好它了。"

看来我得降低对学生的要求了。

这个世界还没有准备好接受我的才智。

"孩子们，忘了汽车吧。还是先制造轮子吧，起码我们能用轮子组装自行车或者四轮车。"

瑞普特捂着牙疼的位置，靠近站在教室中央的我，问道："那我们还能比猎豹跑得快吗？"

我大笑着，像政客一样回答道："当然，自行车将会改变你的人生。你将体会到什么是风驰电掣。那简直比开法拉利还要快！"

沃尔多嘴里叼着一块有棱有角的石头姗姗来迟，他放下石头，问我："它是圆的吗？"

我忍不住把一个带有 M 符号的信号盘举到它脸上。

这个什么都不懂的家伙真是把我惹急了。我对沃尔多大喊："把这个 M 送给你，因为它代表没用，就像你一样。"

沃尔多不服气地看着我，好像错的人是我。

"你说过，轮子是圆的。这个石头就像地球一样圆，我说的没错吧。"

看来他真的什么也不懂。

沃尔多的奇葩理解能力

说明：地球等于一块扁石头
（难道沃尔多是地球平面论的先驱？）

　　我制造了一辆自行车，用两块圆形石头代替车轮。

　　这有一点好处，就是永远都不需要补胎。

　　沃尔多和特丽莎不解地看着我。

　　特丽莎试着骑上车，结果摔倒在地。看样子她摔得还挺疼，向我抱怨道："你就不能制造一辆四个轮子的自行车吗？"

　　这时，我意识到自行车还不够完美。

马丁的自行车投资项目

我有个点子，想跟瑞普特谈谈。他跑哪儿去了？

我到处找，也没找到。但愿他不是在跟我玩捉迷藏。我们现在得团结起来，毕竟敌人随时都会找上门来。特丽莎和沃尔多也很担心瑞普特，毕竟他总是抱怨牙疼。

我祈祷瑞普特赶紧从哪个灌木丛里出来，现在不是玩的时候。

"瑞普特，你在哪儿？"我着急地呼喊着这个最有趣的学生。

这时候翼手龙飞了过来，我问他有没有看见瑞普特。

"加加，嘟嘟加加。"他回答。啊……

这是我最不想听到的答案。

想知道瑞普特去哪儿了，就继续翻阅我的日记吧。

瑞普特在哪里？

第 4 章
特洛伊霸王龙

第4章

亲爱的日记：

"是那群坏蛋。没错，就是那群坏蛋和霸王龙绑架了瑞普特。"我把翼手龙带来的消息告诉了大家。

"不……"沃尔多哭着说。

特丽莎咬牙切齿地说："得给那群家伙点儿颜色看看。"我的大脑飞快地运转起来，当前的形势我已了然于心。我知道他们为什么要绑架瑞普特。

"听我说，沃尔多、特丽莎，他们之所以绑架瑞普特，就是为了打探我的制造成果。然后他们就会想办法搞破坏并且突袭我们。也许半夜就会来。"

> 医生，一个没脑子的人能活多久？

> 这个问题难住我了……你多大了？

> MIKE

> 典型"脑子有病"患者。

57

特丽莎自顾自地戴上眼罩。这让我觉得很奇怪。她的样子就像动作电影里的人物。

"你把什么东西罩在脸上了？"

"我已经做好了战斗的准备。你不觉得我戴上眼罩看起来更凶吗？"

我忍不住笑了，就算特丽莎换上霸王龙的脸，也不能让人觉得害怕。

即使现在不是在课堂上，沃尔多还是乖乖地举起手："小教授，你现在准备怎么办？"

"不能坐以待毙。"

"那是什么意思？"

"我有了万全的计划，行动代号为'特洛伊霸王龙'！"

我是马丁的大脑。我之所以暂时离开他，是因为没有展示才华的机会。毕竟跟他打交道的家伙头脑太简单了。

"什么？"沃尔多眼睛都直了。他的大脑跟不上我的思路。

"我就是尤利西斯，沃尔多是厄帕俄斯，特丽莎是雅典娜。"

大家听得一头雾水。他们觉得我说的是火星语，而我只是向他们展示我渊博的文学知识。

看来我得带他们回到教室，把我的计划画在黑板上，也许这样他们就能搞懂了吧。

"你们相信我的才华吗？"我问。他们默不作声。

我就当他们默认了。

我站在讲台上，在黑板上画了一匹非常俊美的马，无论是谁给我的日记画插画都没我画得完美。（插画师，你就忍着点，做个无名英雄吧！）

"特洛伊木马是传说中的作战工具，希腊人用它攻占了特洛伊城。在此之前，希腊人围攻特洛伊城整整十年都没有成功。最后他们听从了尤利西斯的计划，离开了特洛伊城并在海滩上留下由厄帕俄斯建造的巨型木马，雅典娜也帮了不少忙。然而希腊人是假装收兵回家，其实是藏到了附近的忒涅多斯岛。木马里则藏着由尤利西斯亲自率领的阿伽门农勇士。"

沃尔多举起手，问："直接压扁一匹马不是更快吗？"这些史前动物什么时候才能有点儿进步啊。

"那可不行。"我激动地说，"我们得亲自做一个大木马，把它当做礼物送给黑暗社团。然后我作为最勇敢的战士藏到木马中，等到夜里黑暗社团的家伙们都睡着了，就去解救瑞普特。"

"所以我们必须制造一个木马，是不是？"特丽莎问我。

"差不多。"

"什么叫差不多？"

"事实上我们不用做木马，给他们送一个木质霸王龙就行了。"

"你真是个天才。这个主意简直太棒了。"沃尔多笑着说。

特洛伊木马的故事是我在学校里学的，算是老生常谈了。不过在侏罗纪世界，这是个新故事。当然了，对那些不学无术的坏家伙们来说，也是闻所未闻。知道为什么吗？因为他们连课本都没打开过。所以我一定能够获胜，知识注定能够战胜愚昧。

在接下来的几个小时里，我们三个一直非常卖力地制作特洛伊霸王龙。

我们累到完全不用数绵羊就能立刻睡着。

我坐在地上，满意地看着木恐龙。这时，沃尔多凑过来问我："马丁，你是认真的吗？你真的能够成为藏在里面的勇士吗？"

我环顾四周，然后非常自信地说："你觉得周围还有其他既强壮又勇敢的人吗？"

"没有。我可没发现有这样的人存在。"

看来，在沃尔多的思想里是不存在强壮的天才的。

科学中的未解之谜

如果人是从猴子进化来的，那么猴子又是从什么进化来的呢？算了，还是不要想这个问题了。我还要留着脑细胞思考更重要的问题：比如吃比萨！

好吧，我承认我说的肌肉不是传统意义上的那种。我们可以把它们称作"与众不同的强壮"。

　　这种小问题不会让我的勇气减少一丝一毫。

　　我是马丁，"小脑袋马丁"，我知道这个绰号不怎么好听，不过这就是我，没什么不好意思的。生活不就是充满了各种矛盾嘛！

　　我叫来沃尔多和特丽莎，说道："我知道自己在干什么，我会把瑞普特带回来的。"

马丁对肌肉有一种奇怪的理解。

我练的是人身体上最小的肌肉——耳朵上的肌肉。

最起码我们得多多训练，然后学会用耳朵去聆听。

你这是在干什么？

　　进入特洛伊霸王龙之前，我抬头看了看天空。这时头上出现一团厚厚的乌云，紧接着刮来一阵刺骨的寒风。

片片雪花落在我们的头上。

沃尔多和特丽莎仿佛看到了一艘艘小型外星飞船。"这是什么东西？"特丽莎问，眼睛瞪得像两个热气球那么大。

这可不是什么好兆头。因为它们可不止是雪花这么简单，也是冰川期就要到来的标志。

我鼓起勇气，想着该如何解释才不会吓坏他们。

我思考了几分钟，因为我希望能够轻描淡写地告诉他们真相。我吸了一口气，说："伙计们，你们猜落在头上的是什么？死亡！冰川期就要开始了。如果你们不听我的，那么所有人都会被冻成冰雕。"是的，我承认我是夸大其词。结果，沃尔多和特丽莎倒在了地上，他俩居然被吓晕了。我只好用水把他们浇醒。"振作点，让我们乐观地看待这个问题，比如你们很快就知道冰箱是什么了。"

我知道，我不应该说这种蠢话，但是我的大脑总是不受控制。

胡说！胡说！胡说！

特丽莎站起来，挺着胸膛说："我会把特洛伊霸王龙送给讨厌的黑暗社团。"

"特洛伊霸王龙这么大，我们怎么推得动呢？"沃尔多问。

"只要给它装上轮子，就能推动了。"我答道。

沃尔多眼里闪烁着智慧的光芒，然后说："没错，用轮子。"

几分钟后，沃尔多就将两块三角形的石头安装在特洛伊霸王龙的脚下。看来是我想多了，到目前为止，他什么都没学会。

→ 记住：轮子是圆的！

我当然知道轮子是什么样的。三角形有三条边和三个角

这是三角形。

a b c

补充一下：早晚都会学到的。

　　我们一直等到夜幕降临。黑暗笼罩了黑暗社团驻扎的村子。我们点燃火把照路，为了不被黑暗社团的家伙们发现，说话时都压低了声音。终于，我们来到了邪恶的霸王龙和坏蛋们居住的村庄——雷克斯堡，他们居住的山洞周围，已经建起了木头堡垒。

　　他们自己觉得这足够抵御一切外来进攻了。

　　我们等到太阳升起来，霸王龙守卫的身影清晰可见时，特丽莎走到大门前，按响了门铃——一头可怜的被囚禁的雷龙的鼻子。雷龙大叫一声，守卫小金和小森往这边瞧了瞧，然后打开门朝特丽莎走来。

"你是谁啊？"小金大声问。

特丽莎早已做足准备，她微笑着说："我是不先生的粉丝。"

"不先生的粉丝？"小森好奇地问。他第一次听说霸王龙有三角龙粉丝。

"不先生是最强大的、最优秀的、最卑鄙的、最无知的霸王龙！这样的他，我怎么能不爱呢？他给我们的村庄带去了恐怖，我却因此为他着迷。"

两个守卫相视一笑。

"你想从我们伟大的头儿那里得到什么？"

特丽莎微微一笑，早知道他们会问这个问题。

"过几天就是圣诞节了。虽然圣诞老人会送给不先生很多礼物，但是没有任何一个礼物能像巨型木雕这么棒。所有的壁炉和门对它来说都不够大。我希望不先生可以拥有这样的礼物，并从中得到快乐。毕竟这个巨型礼物与不先生极度邪恶的气质非常配。"

圣诞节就要到了！

圣诞节

礼物 礼物

礼物 礼物

礼物 礼物

礼物 礼物

礼物 礼物

68

小金跳了起来，因为他也有个礼物要送给不先生。小森露出尖锐的牙齿对特丽莎说："很好。作为回礼，我们放你回去，然后让你今后都生活在恐惧之中。"

　　"你真是太好了。"特丽莎言不由衷地说，不过霸王龙可不知道她说的是反话，"今天你们没有把我撕成碎片，就是最好的礼物了。你们是世界上最好的动物。"

　　那两个家伙听了特丽莎的话居然脸红了，还以为她在真心实意地夸奖他们呢。

嗯……晚餐真不错。

哈！

哈！

哈！

但是……我好像没有收到参加晚宴的邀请啊。

圣诞节时，所有食物都是最棒的。

划重点：不要随意接受霸王龙的晚宴邀约，除非你想成为宴会上的头道菜。

70

"我能跟不先生打个招呼吗？"特丽莎问。小金凑到特洛伊霸王龙跟前，摇了摇头，"任何人都不能进城。但是我可以把你的礼物交给不先生。"

特丽莎笑着跟他们告别，又叮嘱道："一定要把我的礼物交给不先生啊！尽管他的邪恶已经无人能及，但这份礼物会让他成为更厉害的邪恶之王。"

小金和小森感动得泪如雨下。他们第一次听到被压迫者竟然对压迫者如此崇拜。两名守卫拉着特洛伊霸王龙进了城。同时，特丽莎找到了躲藏在巨石后面的沃尔多，说："现在轮到马丁上场了。"

沃尔多对我充满信心，他向特丽莎保证："马丁是一个英雄，一定能救回瑞普特！"

不！等一下，快回来！事情并非如此啊！

"接下来，一切都靠马丁了。"特丽莎说。

沃尔多又向特丽莎保证："虽然马丁算不上厉害的英雄，但总会有好事发生的，他会救回瑞普特！我们相信运气！"

古时候的英雄为人民而战；现代的英雄则为电脑游戏而战。

角斗士马丁

把瑞普特从黑暗社团手中救出来！这家伙不会忘了他的使命吧。

我们要往哪边走？他们把瑞普特藏哪儿了？？谁知道纽约会咋样呢，如何？没办法，聪明人总是有很多疑问。他们说……

就连多疑都成了聪明的表现。

我终于等到晚上了。此时此刻，夜深人静。

我通过小洞观察外面的环境。

这时听到不先生走过来，对麦克、伊芙和艾德说："他们给我送礼物，这让我很高兴。我开心不是因为礼物，而是因为他们对我的恐惧。"

不先生的意思再清楚不过了。即使他有丝毫的美德，也不过是虚假地做样子而已。

是时候离开特洛伊霸王龙，去寻找瑞普特了。

我环顾四周，发现那些家伙都离开了。此时，远处传来一阵声响。看来，想要找到瑞普特，就得悄悄地去人多的地方。

天上的月亮就像一个聚光灯，照着霸王龙们。他们围成一个圆圈哈哈大笑，瑞普特就被关在中间的囚笼里。

瑞普特在为他们表演节目，看来霸王龙们很喜欢他的喜剧表演。此情此景让我难以忍受。不禁想起了在拉斯维加斯演出的席琳·迪翁。

我一定要把他救出来，带他回家。

瑞普特讲了一个笑话："一条蛇跟朋友聊天。朋友问蛇'你被甩了？'，'是的。但是她一定会回来。因为蛇（舍）不得离开我'蛇答道。"

一个完全不好笑的笑话居然把黑暗社团的那群恐龙逗得前仰后合，甚至鼓起了掌。

这些家伙找到了免费的娱乐方式，我确信他们没有购买版权和演出票的意识。

三个坏蛋

伊芙、艾德和麦克是来自现代世界的坏学生。伊芙写作业的时候喜欢用小写字母，因为她觉得这样，错误就不容易被发现。艾德总爱在课堂上睡觉，数学老师对他说不可以这样。结果这家伙却说："我知道啊，因为你说话声音太大了，我根本睡不着。"

我静静地等到演出结束，直到所有恐龙都去睡觉了。

坏蛋麦克对伊芙说："瑞普特可以博得黑暗社团的欢心，我们不能放了他。"

伊芙蹦蹦跳跳地附和："没错，没错。"她一高兴就喜欢翻跟头。现在，她的心情比上次把同学锁在衣柜里还要好。"麦克，"伊芙继续说，"他一犯困我们就往他脸上泼凉水吧，多好玩啊！"

我实在无法理解这些坏蛋，居然以欺负别人为乐趣。

在我看来，他们就像是熄灭的火柴——一无是处。

艾德拍着手，仿佛好戏就要开始了。

"不爽。真不爽。我真是太怀念欺负人的日子了。那真是学生时代的美好回忆啊。"艾德一副怀念过去的样子。

伊芙拿起一瓶水摇晃起来。

"没有什么比当坏蛋更有趣的了。除了当坏蛋，还是当坏蛋。"

麦克，艾德，还有伊芙

他们是大坏蛋!!

总喜欢给别人

找麻烦!!

友好?

伊芙跟黑暗社团恐龙一起玩游戏!

坏蛋往往不知道如何交朋友!

我得阻止他们戏弄瑞普特。

所有观看演出的霸王龙都走了，现在只剩这几个坏蛋了。我得赶紧想办法，否则我的朋友就要惨遭羞辱了。

嗯，等等，让我想想！嘿！有办法了！

没错，就是用途多多的火。我决定弄一个火把。

幸好，昨天晚上在其他人都睡觉的时候，我制作了一些火柴。

马丁制作火柴的过程

①

锯齿比霸王龙的牙齿还锋利！

②

厚度
2.5毫米。

③

磷酸铵

别问马丁从哪儿找到的磷酸铵。作者也不知道。反正他就是找到了。

我把一些木头锯成2.5毫米的薄片。然后再把它们劈成一个个小棍。再把小棍的一端浸入磷酸铵溶液中。

危险动作，请勿模仿！

我决定用火柴点燃火把吓唬霸王龙。

他们对未知事物总是充满恐惧。万一他们靠近我，我还能用火把来驱赶他们。

混乱会分散艾德、麦克和伊芙的注意力，这样一来，不仅能够阻止他们欺负瑞普特，我还可以趁机像个大英雄那样拯救我可怜的朋友。

哇，这么多磷酸铵。我可以制作许许多多火柴了。

作者忍不住想要解释马丁是如何制造火柴的。你就暂且接受这种说法吧！否则他还得浪费大量笔墨去说明。

其实就是普通水坑而已。

执行计划的过程出了一些小意外。当我准备点燃火把的时候，不小心烧着了衣服。倒霉！难怪大人们总说"不要玩火"。

真讨厌！我穿着着火的衣服到处跑，所有的霸王龙都把我当成了一个纵火犯。不先生看上去非常害怕，对着黑暗社团的恐龙们大叫："快撤！天火会把我们变成烤肉的。"

恐慌不断发酵，那些原本又大又凶残的霸王龙仿佛瞬间变成了胆小的孩子，连自己的影子都害怕。

"快跑！"我打开笼子，对瑞普特说。

他激动地拥抱我，然后舔我的脸。

谢天谢地可以再见到他，这时才知道我是多么想念他。"时间紧迫，趁着不先生他们还没发现我就是'天火'的时候，咱们赶紧跑。"

"谢谢你冒着生命危险来营救我这个患有牙疼病的朋友。"

"如果换作是你，你也会这么做的，是吧？"我问瑞普特。他对着我笑了笑，然后转移话题说："哇，真美！是流星！"

我们边跑边想从城门出去的办法。

沃尔多和特丽莎已经在外面等着我们了。

沃尔多高兴地对我们说："爬到我身上来，我带你们飞回家。"

"沃尔多，你又不是翼手龙！"我提醒他，希望能把他从幻想中拉回现实。

沃尔多对我甜甜一笑，说："可我真的这么想！"

最棒的
瑞普特
黑暗社团的娱乐来源！

瑞普特被带走了。我们的娱乐都没有了。谁有视频网站的会员？起码让我们看看电视剧啊！
不先生，这可是史前时代。瑞普特是唯一的演员。实在不行，你可以跟我一起跳舞。
这真是祸不单行！

我们拼命奔跑，想甩掉身后那些又坏又蠢的黑暗社团的家伙们。

他们一点儿脑子都没有！

在他们识破我的计划前，我们已经逃脱了。我们自由了。

我们自由了！

我们得赶快回到学校，让更多的恐龙相信冰川期就要来临了。

没有时间可以浪费了，冰冻很快就会开始，到那时所有恐龙都将消失。

我听到天上传来一阵奇怪的声响。

满月的光亮让我能够看清声音的来源。我震惊得发不出任何声音。

居然是一架史前无人机。

它在这里干什么？

居然吊着一个大箱子。

这到底是干什么的？

这是我从网上订购的手机。这样我们就能征服所有的恐龙，包括马丁的小伙伴们！

艾德，你居然抢我的台词。别忘了谁才是老大！这个主意是我想出来的。

麦克别激动，小心高血压！

这可是在史前时代，他们是怎么做到的？

黑暗社团又有什么计划？别着急，继续读我的日记，就会有答案了。

8月1日

黑暗社团和三个坏蛋接下来会做什么呢？
我有一种风雨欲来的感觉。

马丁

箱子里装的是什么呢？
坏蛋们和黑暗社团凑在一起，简直就是狼狈为奸。

这本书可能会有广告投放。

第 5 章
付费的重要性

第5章

亲爱的日记：

情况紧急。没有时间可以浪费了。

我觉得冰川期会毫无预警地到来。恐龙们唯一能指望的就是我，我将会拯救这些愚蠢又凶猛的动物。我为什么要这么做？因为我担心我的朋友，即使他们还是不懂接下来会发生什么。

超级英雄不会问自己应该救谁，只会问："我该去哪里搞一套超级英雄的服装呢？"

我想到一个点子，然后让沃尔多、特丽莎和瑞普特去召集我们这边的居民。我要教给他们自救的办法。没想到来听讲座的人屈指可数。

我们唯一的能够在冰冻中自己的办法。

能快点吗？黑暗社团在派送手机，而你却用冰冻的故事在这儿烦人。

怎么回事？这么棒的讲座居然没人听？到底发生了什么事？

87

我知道冰冻的话题很无趣。但是我没办法袖手旁观，不能自欺欺人地说这里永远风和日丽，并借机去售卖冰激凌。如果我们真的卖冰激凌，那么霸王龙一定会吃霸王餐的。

休想把冰激凌卖给剑龙和雷龙。嗯，真好吃！人生就像甜筒冰激凌：你得狼吞虎咽地吃。

残酷的霸王龙日常！

88

我的任务就是拯救那些疯狂的恐龙，为此我将不计代价。

否则我就不配成为一个英雄。

我想着雷龙跟我说过的话。

黑暗社团在派送手机！

嗯！

由此可见，无人机带来的就是——智能手机。

为什么要派送手机呢？

到底有什么目的呢？

我确定，这一定是三个坏蛋们的主意。

也许他们想要用手机征服侏罗纪所有的恐龙。

没错，他们知道手机游戏会让恐龙为之痴狂。在他们向所有恐龙散布不会出现冰川期的虚假消息之前，我一定要把我的观点告诉大家。

科学中的未解之谜

当一头恐龙在吃掉一些可怜的小动物后，却发现自己是素食主义者，该如何面对自己？

亲爱的日记，你要知道，手机除了会减少他们之间面对面的沟通，还会成为他们定位附近猎物的工具。

教室里，一双双眼睛充满好奇又略带紧张地看着我。我的完美计划足以拯救大家，他们应该可以放心。现在我开始向大家解释："我们先从基础问题说起。冰川期非常寒冷，所以我们得建造一个温暖的基地来躲避寒冷。"

沃尔多举起爪子问："那我们是不是需要一些毯子？我很擅长织毯子的。"我忍不住笑了，他还不知道，当温度降到零摄氏度以下的时候，毯子根本不足以御寒。"猛犸象、雷龙甚至所有动物都需要巨大的毯子，但是光有毯子还不够。极端的寒冷会让我们牙齿打颤，难以行动。所以我们需要能够取暖的洞穴。"

我在黑板上展示了我的设计——直观的画面总是比较有说服力的。

伊芙、艾德、麦克和不先生的诡计

我有个好办法能打败马丁！大家都认为，这世界上没有什么比一眨眼就能拿起手机玩更让人愉悦的了。

最起码，恐龙们有了手机就不会对冰川期的问题感兴趣了。

史前坏蛋团伙

伊芙，你简直坏得与我不分上下。我很欣赏你呦！

不先生

我们最好多订购一些，然后当成礼物发给他们。我们还可以通过手机发号施令，这样恐龙就在我们的掌控之中了。

还得告诉大家所谓的冰川期不过是一个纽约小学生的谎言。

iPad

我得回到汽车站，然后穿越到未来，再用我爸妈的信用卡网购一些手机快递过来。

MIKE

我爱这邪恶的计划。史前世界将会变得更坏。科技将会统领一切，而我们则是这里的独裁者。

"我们将会利用地洞避寒，并在那里储藏足够的食物和取暖用的木柴。我们还得在地洞中央搭建一个永不熄灭的大火炉。在冰川期结束以前，我们都得待在里面。"

我希望我已经表达清楚了。

瑞普特捂着他长期疼痛的牙齿，问我："马丁，当冰川期到来的时候，我能用沙子堆雪人吗？嘿嘿，别介意，我只是开个玩笑。"

我忍不住哈哈大笑起来，瑞普特还真是个天生的喜剧演员呢！即便是在艰难时刻，也能讲出笑话。

我继续上课："想要自救，大家都得出一份力才行。我们必须互相帮助。别再说什么优胜劣汰，不要再互相残害了。成熟些，要把彼此当成家人才行。"

沃尔特、特丽莎和瑞普特为我鼓起掌来。但是其他学生则纷纷起身离开了教室。

别~~~~~

"你们去哪儿？"我问。"去领手机。"斯宾回答，这家伙的梦想是在侏罗纪世界开第一家比萨店。

汉堡
比萨
甜甜圈
塔可
雷龙比萨
雷龙比萨
雷龙比萨
向您推荐一款超级棒的比萨！顺便问一下，您有钱吗？哪个好心人赶紧发明一下钱啊？
雷龙比萨

我赶紧走出教室，事情的发展让我无比难过，只见一架无人机载着一个大盒子缓缓降落，那里面装着各式各样的手机。

恐龙们蜂拥而上领取手机。

"好玩的东西！非常好玩的东西！这里有好多！"雷龙兴奋地说。其他恐龙也很开心，所以根本不想听我说关于冰川期的问题。

他们都很开心。

没人关心冰川期的事情。

"毫无疑问，手机是人类历史上最伟大的发明。当然了，轮子也是伟大的发明，不过还是没有手机好。"费斯特说，他曾经梦想制造第一辆史前汽车。

这让我很失望。这些家伙都失去了理智。

如果大家的注意力都被手机转移了，那么我根本无法阻止冰川期到来后环境对他们造成的伤害。

我得想个办法。然而还没等我开始思考，更糟糕的事情就来了。

坏消息来了！

又来了！连喘息的时间都不给！

"智能手机里还有不先生的表情包呢！"斯派克兴奋地说。这个史前计算机工程师在掌握了点火技能后，又掌握了烧热水的方法。

大家纷纷打来电话：

斯派克掌握了烧热水的方法，真是个天才。

"表情包？"我问。
"是的，不先生的表情包带给大家很多乐趣。"
"都是关于什么的？"
"当然是关于冰川期的。"
"他想误导所有恐龙。"
"而且还是以最迅捷的方式。"
"简直就是迅雷不及掩耳之势！"
你们准备好面对冰川期了吗？根本没有人意识到问题的严重性。这简直就是一场灾难。

如果你觉得有些无聊，那么可以翻看接下来的四页，穷凶极恶的不先生的表情包！

表情1

如果你想从一个难题中抽离出来，那么就要学会自欺欺人。

表情2

如果你不想被更多难题困扰，那么就多说一些自欺欺人的话。

表情3

为了否认冰川期的存在，就要死鸭子嘴硬！

表情4

想转移注意力吗？那真是太愚蠢了。

简直太荒谬了。居然没有人追随我！相反，所有人都去不先生那里找乐子了。他的表情包以一种低俗的方式蛊惑人心。

这里根本没有足够的天然地下洞穴来供所有史前动物居住。如果我想要建造新的，那就得发明挖掘机。

如果只有沃尔多、瑞普特、劳埃德和特丽莎四头恐龙跟我并肩作战，恐怕难以熬过冰川期。

我知道一定会有办法的，我要做的就是思考。

我拼命地想……可是根本没法集中注意力。

有没有人知道，现代世界是否有新游戏上线？哎！我的脑子到底是怎么了？

我一定要集中精神，想出办法让大家意识到冰川期即将到来。这个世界马上就要被冰雪覆盖了，可那些家伙只知道拿着手机傻笑。

"有了！"我高兴地笑了，仿佛获得了橄榄球大赛奖杯似的。眼下只有将计就计了。我把朋友们召集到黑板前，然后向他们展示我的天才计划。

"伙计们，我承认不先生的表情包很搞笑，很吸引眼球……如今他已经是史前时代的领军者了。这很正常，毕竟艾德、伊芙和麦克都在为他效力。他们有这方面的技术，所以能让不先生受人追捧。如果我有好朋友书呆子菲尔，那么我就可以入侵他们的手机，然后传播一些关于冰川期的表情包。然而即便我琢磨了这些又有什么用呢？我不是黑客，无法入侵不先生的手机去编辑新的表情包。

所以唯一的办法就是盗取不先生的手机。"

这个办法可把瑞普特吓坏了，他战战兢兢地问我："你又想冒着生命危险到黑暗社团的营地去？再说，你这回要怎么去呢？"

不先生的家

如果想从我这偷东西，我很乐意让你尝尝被霸王龙大爷惩罚的滋味！

不先生

REX TREX REX REX

走开

请勿靠近！

离这里远点！

"那里到处都是坏蛋和食肉动物。"沃尔多说,"实在不行我们就制作一架飞机飞到别的星球吧。我仿佛已经看到我们在月亮上玩耍的情景了,那一定很棒!"

在月亮上打扑克吗?酷!

特丽莎听了很不高兴,她态度坚定地说:"这里才是我们的家!我们哪儿都不去。我们要拯救侏罗纪世界,不让它被冰冻!好的,我们去偷霸王龙的手机,就这么定了!"

我们要斗争到底!永不放弃!
我们会全力以赴拿到不先生的手机!
我们可以说服所有人!

"不过……我们该怎么做?"瑞普特颤抖着问,他还没从被绑架的阴影中走出来。为了缓解紧张气氛,我赶紧站到黑板前:"这次我会让他们自己送上门来,主动把手机交到我们手上。"

"你到底想到了什么办法?"特丽莎问。

说起来,我这个办法可不是一般的妙,以至于我都怀疑自己的大脑构造是不是异于常人了。

"我们可以用一些新手机去换不先生和坏蛋们的旧手机，并且告诉他们新手机里有更好玩的游戏。接下来我们就可以趁机盗取麦克他们手机里的数据了。最后，我们再以不先生的身份与其他人进行联系。"

想要解决问题就要大胆创新。人们买了手机之后，很快就会有性能更好、价格更便宜的机型想要去。这样一来，所有人又会想要去买新的。这正是我们拿到那些旧手机的好机会。

5%

这款手机是否经常没电？那就再买一个新的。

世界将要流行愚蠢风了！

特丽莎对此有些怀疑："他们认识我们……又怎么会轻易上当呢！"

"听完我计划中的第二部分，你就会明白了。为了不被发现，我们要乔装一下，然后告诉他们，我们是坐着神奇巴士从未来世界来的。"

乔装后的我

发型要夸张一些，得像一个科学怪人才行。

从现在开始，我就是电脑专家卡尔！

计算机实验室专用服装

超人只是戴上眼镜，大家就不认识他了。那么如此打扮的我，就更不会被那些坏蛋认出来了。

这种时候说这些干什么！

特丽莎开心地笑了。瑞普特看样子有些嫉妒我，因为他讲笑话的时候，特丽莎从来没有这么笑过。

我可不是开玩笑，我严肃地说："这没有什么可笑的。我的计划完美无缺。我将以计算机专家卡尔的身份在中心位置摆个摊位，等他们来的时候，就把我研发的手机卖给他们。当然了，前提是他们得用旧手机置换，否则我是不会与他们进行交易的。"

"妙极了！"沃尔多说，"你真是个聪明的家伙。总有一天我要带着你在侏罗纪世界的天上空飞翔，你值得这种奖励。"

我看着他，笑着说："沃尔多，你是不能飞的，记住这一点。你肯定不希望自己掉下悬崖！"

喜欢刨根问底的特丽莎又问："大家都要乔装打扮吗？"

沃尔多一听也来了兴致，大声说："那当然！我爱乔装。我也想要一套装备。"

"没问题。"我对大家承诺，"特丽莎可以乔装成我们公司的市场部经理'伊利莎'。"

"那是干什么的？"

"只要记录一些数字就行，偶尔说一些类似'增加'或'减少'的词。另外你还得向顾客们介绍，我们的新手机能够改变他们的人生。"

"那我要怎么乔装呢？"

职业三角龙的
公文包

你，特丽莎，
我们公司的
销售经理。

乔装成
史前时代的
总统不行吗？

106

"你要打扮得非常漂亮！让所有人都忍不住停下来看你。并且你得通过数据让他们相信，没有我们的新手机，他们就不会取得成功、获得幸福。"

"我可以用法国口音说话吗？我比较喜欢那种腔调。"

"当然，这有助于你隐藏身份。"

"我能说我有一个司机吗？"

"可是我们还没有发明汽车呢！"

"哦，对了。我忘了你已经放弃那个计划了。不过我总觉得一个销售经理应该有这种配置。"

我只好转过头看沃尔多。

他面露羞涩，却也充满热情。

"我要扮成什么人呢？"他问。

我为此思考了好一会儿，沃尔多都要不耐烦了。

"你是我计划中的关键人物。"我说。

"快、快，说来听听。我都要好奇死了。"

"你要扮成……"

"扮成什么？"

"扮成不惜一切代价都要买手机的客户，也就是'托儿'！"

"托儿？"

沃尔多显然不太明白，我只好更卖力地解释。

"就是那种看上去无论如何都要买我们手机的顾客。你的疯狂会让不先生也对我们的手机感兴趣。"

"那么我该如何打扮呢？"

"让别人认不出来就行！"

你可以告诉我，我会打扮成一个女人！

沃尔多很高兴："我跟你说过我喜欢乔装。我能在细节上丰富一下我的角色吗？"

"比如？"

"像所有演员一样，想要进入角色，我就要注重细枝末节，这样塑造的人物形象才丰满。我想我的名字可以是索菲娅，有位性格沉闷的翼手龙男朋友。不过因为彼此缺乏沟通，我们分手了。也许我还能用英伦腔讲话，因为我来自一个贵族家庭。"

沃尔多还真是有创作热情，对此我只能不住地点头。

沃尔多将扮演一头非常非常有钱的英国剑龙。

我敢肯定他一定会完成好"顾客索菲娅"的角色。

瑞普特按着作痛的牙齿，我明白他脸上的绷带将会影响他乔装。

他凑过来，问道："我能演一出喜剧吗？"

"瑞普特，你扮成我的助理吧，可以穿实验服，还可以戴头盔，这样别人就看不到你的绷带了。"

瑞普特很高兴能跟在我身边。我想，任凭是谁都会如此的！嘻嘻！

110

瑞普特蹦蹦跳跳地问我:"我可不可以夸大手机的功能呀?"

　　"完全没问题!为了拿到不先生的手机,你就应该成为一个'骗子',不是吗?"

　　"我才不会叫自己骗子呢。相比之下,我更喜欢称自己为不走寻常路的恐龙。"沃尔多突然插话,他总喜欢用一些搞笑有趣的词,让人忍俊不禁。

　　　　比菲利普·奥斯本更幽默的作家马克·吐温曾写道:"如果你讲的是真话,就不必劳神去记忆。"不过瑞普特绝对是个例外,他的谎言能够拯救世界。

　　现在方案已经敲定,大家的角色也选好了,接下来我们要做的就是在人流密集的地方摆个假摊位,然后放置一个广告牌,写上:全世界最棒的手机明天开售!

我拥着大家走出教室。然后坐在地上一边欣赏夕阳的美景一边思考。

特丽莎坐到我身边，温柔地对我笑，然后她问："你还在担心什么呢？我觉得你的计划非常完美。"

事实上，我的计划总是很棒，可是也常常出问题……

我苦笑着说："我忘了一件事，我们还没有看上去很酷的手机呢！"

特丽莎安慰我说："百密总有一疏。虽然你的失误让整个计划都变成了笑话。不过别担心，我们会找到解决办法的。"

她开解人的方式还真够特别的。

"我明白了！"我忍不住大叫起来。下一秒，我站起身开始跳舞，热烈得仿佛身在迪斯科舞厅里一样。

"你这是怎么了？"

"我就有一部手机啊！我们可以改造它！我知道怎么办了。"

麦克和霸王龙之舞

麦克的舞跳得跟我不一样

113

准备好见证神奇的

所有人，你们
侏罗纪男孩就要

被遗忘的我！

另外，也许在你思考如何选择的时候，他们已经给超人装扮好了。

乔装盛宴了吗？
准备好了吗？
闪亮登场啦！

是

否

你准备好
见证奇迹
了吗？圈出
你的选择！

没错……

115

实在是太有创意了。我们准备为新手机举办一个新品发布会，推介"维尼熊"联名款手机。

如我所料，霸王龙们倾巢而出，在我们的摊位前排起了长队。

不先生和三个坏蛋率先到达。

好奇心最强的伊芙说："我真想见识见识这款神奇的手机。宣传单上说，它在夜间能清晰地拍摄到 100 米以外的一页书。"

艾德笑着说："这个功能对你来说没什么用。因为即使在白天，距离你 2 米内有一本书，你也不会看的。"

不先生来到摊位前，看了看戴着大眼镜的我。谢天谢地没被他认出来，不然我会被超人的作者笑话死的。

"嘿，小家伙，把你的新手机拿出来。"不先生对我说。

我非常职业地对他说："请叫我卡尔。我的助理图克或销售经理伊利莎会向你解释我们新智能手机的优势。"

特丽莎的衣服上别着一个写有"伊利莎"的名牌，她笑着对三个坏蛋和不先生说："简单地说，你们现在的手机用一阵子就会没电，因为侏罗纪世界没有电，所以根本无法充电。但是我们的手机能靠太阳充电，手机没电时，把它放在太阳下晒一晒就能充满电量。"

　　"哇哦！"恐龙们异口同声地惊呼。

　　他们被震惊了。

真热啊！*

砰！

不得不说，放在太阳底下也有坏处……不过我是不会告诉黑暗社团这个真相的。

*要是太阳一直这样……

这时，沃尔多扮演的顾客索菲娅出场了。只听他在恐龙群中大喊："让一让！我要第一个购买！我可是从金蛋中生出来的有钱人。"

不先生瞪了一眼沃尔多，然后恐吓道："我是黑暗社团的头儿……你听说过吧？你可能是个不错的剑龙，不过我们是先来的，而且我们也更强壮。如果你不想变成肉串，就赶紧哪凉快哪待着去。"

沃尔多笑了笑说："谢谢你的忠告，不过我还是要先买手机。"

我按照计划好的台词说道："谁能支付100根干树枝，15个椰子，谁就能用他的旧手机换走我们的新手机。"

麦克拿起装有不先生表情包的手机放在柜台上，然后吩咐黑暗社团的小兵用车拉来我要的东西。

真让人受不了！车轮居然是三角形而不是圆形的。直到现在他们都还没有搞懂这两种形状之间的区别。我真是无话可说！

扮演我助手的瑞普特戴着头盔，这种乔装任谁都认不出来。只见他以迅雷不及掩耳之势拿起麦克的手机藏到了柜台下，翼手龙早已在那里张着大嘴等候了。几秒钟后，手机就会被带回我们的营地。是的，计划成功了。

我们把一个完全不好用的手机给了那些家伙。

趁着他们围着不先生研究"新手机"的时候，我们赶紧溜了。

霸王龙们痴痴地盯着手机，完全没有意识到冰川期即将来临。新手机也无法让他们的脑子活动起来。

我终于得到这部手机了。现在我可以极速上网，用爪子画画，还能用它测量月亮和地球之间的距离甚至能查看天气预报。

全球逐渐进入冰川期，我敢打赌，你不想看到……

不先生

I-PooH

我们回到教室，开始破译麦克手机的密码，这样我们就能通过他的手机发布一些不先生的新表情包，借此告诉其他恐龙冰川作用的真相。这样，大家一定会来帮我们建造地洞的。

如果不团结，如何能拯救世界呢？
快来给我们一些惊喜吧！

嗷！

沃尔多说："也许密码是'没有冰川期'这几个字的字母组合。"

我输入之后显示密码错误。

"也许是……"特丽莎说，"'学校垃圾'的字母组合。"

我又试了一下，还是不行。

瑞普特按着腮帮子凑了过来，说道："像他那种没文化的人，也许会选用'密码'这个单词来当密码。"

我们忍不住笑了，谁会蠢到用这种密码啊。

不过我还是随手输入了一下，没想到居然对了！

我向伟大的喜剧演员表示热烈祝贺："瑞普特你猜对了。麦克果然记不住'密码'以外的密码。"

真是太好了。现在我们得赶紧上传关于冰川作用的表情包，当然还得借不先生的照片用一下才行。

表情1

与冰冻做斗争！
快来建造安全地洞！

表情2

与冰冻做斗争！
快来建造安全地洞！

表情3

与冰冻做斗争！
快来建造安全地洞！

8月3日

所有的恐龙都到学校前集合，准备帮我们一起拯救侏罗纪世界。他们面带微笑，高举着写有"冰川作用是真的"和"不能坐以待毙"的标志牌。

看来表情包的作用要比我的授课或是演讲效果好得多。

我不知道这样到底好不好，但是不管怎样，我很高兴看到所有人都齐心协力，向着同一个目标努力。

霸王龙们是否明白，没有任何一款手机软件能够帮助他们实现自由、学会去爱！

嗷！

事实证明，用智能手机普及知识的方式比我之前用过的任何方法都管用。我本该小心翼翼地把手机藏起来，而不是把它拿在手里得意地挥舞。因为下一秒，一只黑暗社团的翼手龙就猝不及防地把手机夺走了。实在太出人意料了！

没有了智能手机，局势又将掌控在不先生的手里了。他的表情包虽然有些夸张，但是足以影响这个世界。"不！"我大叫，"不先生派了一只翼手龙混了进来，把手机拿走了。我们得赶紧把手机抢回来。"

124

没有任何一头恐龙想要与不先生为敌。

他们都害怕不先生和三个坏蛋。所以我该如何阻止那只翼手龙呢？

翼手龙朝着魔法山谷飞去，然后便失去了踪迹。

"我去跟踪他！"沃尔多勇敢地说。

所有人都嘲笑沃尔多。

因为他不是鸟就嘲笑他，这显然不太公平。

沃尔多拿出一对纸做的翅膀，接着说："我会拿回那部手机的。"

没有人把他的话当真。

可是身为剑龙的沃尔多坚信自己可以做到，他像电影里的英雄一样斩钉截铁地说："只要坚定信念，就一定能够飞翔。"

接着，沃尔多像鸟儿一样优美地朝天上飞去。

呃，我可能有些夸张了。

事实上，那对纸翅膀只是带着他滑翔出去。

125

的确，
有梦想的人
才能展翅翱翔。

我的小伙伴恨不得让所有人都知道他此时的快乐，沃尔多不停地说："飞翔的感觉真棒！飞翔的感觉真棒……让那些还在怀疑我的家伙看呀！飞翔的感觉真棒！"

一头尚且还有些理智的恐龙对着他大喊："你还是想办法把手机拿回来吧！"

沃尔多热衷于飞翔和帮助朋友。
他从不缺少勇气，只是缺少翅膀！

黑暗社团的翼手龙根本不把突然出现的沃尔多放在眼里。相反，飞得有些笨拙的沃尔多让他觉得很有趣。

那家伙不断地靠近沃尔多，又在沃尔多即将抓住他时敏捷地飞走。没错，这就是在挑衅。

我们可爱的剑龙沃尔多从来不会轻易放弃，对方的态度并不能影响他。

沃尔多深深吸了一口气，然后转过身，闭着眼睛猛地向翼手龙冲过去。

天呀！他简直就像一支离弦的箭。

结果，他们两个朝着栖息着许多水虎鱼的湖中坠落。

"不——"沃尔多大叫。

水虎鱼锋利的牙齿就在眼前。他们知道，这种可怕的生物咬合力惊人，连最坚硬的盔甲分分钟都能被嚼成碎片。谁让它们是侏罗纪水虎鱼呢！

它们个头不小，看着像鲨鱼，但是比鲨鱼更难对付。

沃尔多和翼手龙重重地摔进水中，水花溅了我和特丽莎、瑞普特一脸。要知道我们几个可是站在悬崖上面的。

"现在怎么办？"瑞普特紧张地问我，"沃尔多的下场会如何？"

"我会把他捞起来，然后带他回家的。"我安抚他们。

特丽莎总有许多疑问："怎么捞？"

"当然是运用科技，不然还能用什么？"我回答道，然后从背包里拿出一个带有呼吸装备的潜水面罩，"我来到侏罗纪之前，本打算去奶奶家，然后一起下海的！"

从悬崖上跳下去让我紧张害怕，但是沃尔多没办法自己从水中出来。他可能都不会游泳，甚至已经被水虎鱼给吃了。"快跳啊！"特丽莎对我说。

从今以后，脚踏实地！

温馨提示
如果你正在考虑要像马丁一样去潜水，请记住只有会游泳的人才能安全地从水中出来。所以，要么跟家长一起去，要么老老实实留在家里，要么读一本菲利普·奥斯本的好书。

她说得轻巧，但我的腿却不受控制地打颤。

我为什么要逞英雄？

我想知道从我站的位置到水面的距离有多高。千钧一发之际，一头善良的霸王龙过来鼓励我，结果不小心把我撞了下去。

"救命——"

特丽莎笑得前仰后合。我气呼呼地对她叫道："你笑什么！"

"就算你知道如何在水里换气，但是你知道如何躲避水虎鱼吗？"

这真是个好问题！亲爱的日记，就算我知道答案，也得晚一些告诉你了。

我只是想问一下时间。

好吧，现在是两点钟。

强烈的好奇心对你没好处！

我开始保持安静，因为在水里的时候我得把嘴巴闭上。我像一发子弹一样，很快就潜到水下十米左右的地方，然后又用了几秒钟观察下面的情况。这才发现我的朋友沃尔多被石头和水藻给绊住了。

131

幸运的是，他距离水面只有不到一米的距离。

　　他已经不能呼吸了。我铆足了力气朝他游过去，多希望我曾经上过游泳课啊！

　　我利用呼吸装备换气，然后试着把他往上托，好让他的鼻孔能露出水面。

　　我使出浑身力气终于把他拉了上来。

　　能够呼吸后，沃尔多很快就醒了。

　　"我在哪儿？"他问我。

　　"你安全了。"我像个英雄一样安慰他。

　　我好高兴。

　　我救了我的朋友，还把手机从水里捞了出来，它居然没有坏。我改了密码，然后把账户删掉。

我做了好事，为什么没人给我颁个奥斯卡奖呢？

马丁

没有人能再从这部手机里找到不先生的任何个人文件了！

任务完成。

现在我得回到我的史前朋友那里，然后建造能够帮助他们躲过冰川期的地洞。

没有任何事、任何人能够阻止我们了。

我本以为从此就一切顺利了，却没想到降雪突然而至。

一瞬间，大家的眼中充满恐惧，我赶紧带着他们躲进天然地洞里。

我们没有时间准备足够的食物，也没有时间为所有动物准备避寒场所了。

为了拯救更多的动物，我只好执行 B 计划。

我们带着霸王龙、雷龙在内的一百多头恐龙进入了一个天然地洞。

可还是很冷！

雪一直下，大地变得一片白茫茫，但是三个小时后，太阳出来了，世界又恢复了温暖。这是怎么回事呢？

看来冰川期还没正式开启。嗷！

看来是谎报军情了。

侏罗纪世界真的会因为冰川期的到来而毁灭吗？我有些怀疑了。

我似乎看到一些小陨石掉到了地上，赶紧凑过去，结果发现是自己错了。

不，我不会错。

来啦!!

虽然小，但很坚硬的陨石。

我不喜欢这个！

也许恐龙是因为陨石撞击地球而灭绝的呢？

毕竟科学家有时候也会犯错。

我想了一个新计划，并且要趁着地球没有成为陨石堆放场以前赶紧执行。

我脑子里关于拯救地球的主意成千上万，而且每一个都天衣无缝。谁让我是马丁呢，我拯救地球的办法总是有效的。

我的备忘录：不要听信黑暗社团的谣言，然后发明足球运动。

任何事物都有好的一面可以利用。比如现在，我教会了大家打雪仗，恐龙们都玩得很开心。霸王龙因为胳膊短，所以不是很擅长这个游戏。他们得学会面对现实，承认自己的弱点。

三个坏蛋又出现了。

哪里有好玩的，艾德、伊芙和麦克就会出现在哪里，但是学习的时候又会消失得无影无踪。

我们在雪地里欢快地打着滚儿。玩够了，我便开始呼唤沃尔多、瑞普特、特丽莎以及其他人。我想叫他们跟我回教室，再把我的新计划——征服陨石告诉大家。

这次我不能再说"我要从陨石雨中拯救你们"这种话了，不然黑暗社团肯定叫嚷着："没有陨石！"

他们不仅没有进步，反而更不好对付了。他们不相信任何事物。

所以必须启动新计划。

我的备忘录：

要坚持跟黑暗社团作斗争。要坚持梦想，
因为有志者事竟成。一定要阻止
陨石对地球的破坏。

新课程！
征服陨石

此处传来黑暗社团的话！

根本就没有陨石！

别再骗我们了！

继续

菲利普·奥斯本（Philip Osbourne）著

菲利普·奥斯本是一位全球畅销书作家。他的作品大多围绕"科幻、冒险、友情"展开，通过精彩的故事和幽默的文笔配合妙趣的插画，传递着"乐观、勇气、爱"，深受世界各国小读者的喜爱。

奥斯本的书已在美国、法国、意大利、德国、希腊、俄罗斯、罗马尼亚、巴西、中国、阿尔巴尼亚等四十多个国家出版，多部作品被动漫、影视化，比如《哈里和邦尼》（Harry & Bunnie）和《ABC怪兽》（ABC Monster）由艾尼曼莎（Animasia）公司改编成动画片；畅销书《书呆子日记》（Diary of a Nerd）将由彩虹（Rainbow）公司制作成电视剧。

《侏罗纪日记》也将被拍成动画片，值得期待哦！

罗伯塔·普罗卡奇（Roberta Procacci）绘

罗伯塔·普罗卡奇是一名儿童图书插画家，因为畅销书《书呆子日记》画插画而被大众熟知。

她与菲利普·奥斯本合作的还有《幽灵与布利》（*Ghosts & Bulli*）和《夜魔与恶霸》（*The Lord of the Night and the Bullies*），后者是一部根据真实事件创作的插图小说，得到了业内人士的高度评价。

多年来，她一直致力于童书的插画创作，还为很多有趣的科学书籍绘制插图，可以说是一名高产的插画家。

JURASSIC DIARIES Volume 1
Copyright © 2020 Philip Osbourne (Author) and Roberta Procacci (Illustrator)
This agreement was arranged by FIND OUT Team di Cinzia Seccamani,
Novara, Italy

版权合同登记号：图字：30- 2022-016 号

图书在版编目（CIP）数据

马丁历险记之侏罗纪日记．1, 新世界 / （意）菲利
普·奥斯本 (Philip Osbourne) 著；（意）罗伯塔·普
罗卡奇 (Roberta Procacci) 绘；马天娇译．-- 海口：
海南出版社，2023.1
　　书名原文：JURASSIC DIARIES Volume 1
　　ISBN 978-7-5730-0808-4

　　Ⅰ．①马… Ⅱ．①菲… ②罗… ③马… Ⅲ．①儿童故
事 – 图画故事 – 意大利 – 现代 Ⅳ．① I546.85

中国版本图书馆 CIP 数据核字 (2022) 第 197293 号

马丁历险记之侏罗纪日记 1. 新世界
MADING LIXIANJI ZHI ZHULUOJI RIJI　1. XINSHIJIE

作　　　者：[意]菲利普·奥斯本
绘　　　者：[意]罗伯塔·普罗卡奇
译　　　者：马天娇
出 品 人：王景霞
责任编辑：张　雪
策划编辑：宣佳丽　高婷婷
责任印制：杨　程
印刷装订：北京汇瑞嘉合文化发展有限公司
读者服务：唐雪飞
出版发行：海南出版社
总社地址：海口市金盘开发区建设三横路 2 号　　邮编：570216
北京地址：北京市朝阳区黄厂路 3 号院 7 号楼 101 室
电　　　话：0898-66812392　010-87336670
电子邮箱：hnbook@263.net
经　　　销：全国新华书店经销
版　　　次：2023 年 1 月第 1 版
印　　　次：2023 年 1 月第 1 次印刷
开　　　本：880 mm × 1 230 mm　1/32
印　　　张：14
字　　　数：174 千字
书　　　号：ISBN 978-7-5730-0808-4
定　　　价：108.00 元（全三册）